NOTICE HISTORIQUE

SUR LA

VIERGE OUVRANTE

DE

MAUBUISSON

PAR

J. DEPOIN

SECRÉTAIRE GÉNÉRAL DE LA SOCIÉTÉ HISTORIQUE DU VEXIN

PONTOISE

IMPRIMERIE AMÉDÉE PARIS

—

1882

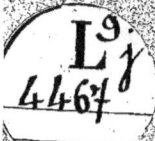

LA VIERGE OUVRANTE

DE MAUBUISSON

Extrait des Mémoires de la Société historique du Vexin

TOME IV.

———◆———

TIRAGE A PART A CENT EXEMPLAIRES

N^o ....

NOTICE HISTORIQUE

SUR LA

VIERGE OUVRANTE

DE

MAUBUISSON

PAR

J. DEPOIN

SECRÉTAIRE GÉNÉRAL DE LA SOCIÉTÉ HISTORIQUE DU VEXIN

PONTOISE

IMPRIMERIE AMÉDÉE PARIS

—

1882

LA

VIERGE OUVRANTE

DE

MAUBUISSON

L'église paroissiale de Saint-Ouen-l'Aumône, près Pontoise, possède une belle et ancienne image sculptée, qui, par la rareté du travail et par les souvenirs qu'elle rappelle, présente à l'heure actuelle un double objet à la piété des habitants et à la curiosité des étrangers.

C'est une statue de bois peint, un peu plus grande que nature (1), sculptée dans un tronc de noyer ; elle représente la Vierge-Mère, assise sur une chaise basse à deux bras, sans dossier, et tenant l'Enfant Jésus sur le genou gauche. L'Enfant divin, nu jusqu'à la ceinture, a le reste du corps couvert d'une draperie ; il bénit à la manière latine. (2)

(1) M. de Guilhermy (*Annales archéologiques*, 1869, t. XXVI, p. 415) dit que notre Madone est de grandeur « presque naturelle. » Voici ses dimensions exactes : extérieur, du sommet de la tête à la marche sur laquelle reposent les pieds, 1m 22 ; hauteur du siège, 0m 35 ; élévation totale de la statue, 1m 41. Intérieur, hauteur de chaque volet développé, 1m 26 ; épaisseur du socle, 0m 15.

(2) M. de Guilhermy conjecture que, de la main droite, la Vierge tenait une fleur.

La Vierge est vêtue d'une tunique aux plis droits et sévères ; elle porte une ceinture retenue par une boucle carrée, et un long manteau ; un voile, sous lequel on aperçoit la chevelure, encadre la tête et retombe sur les épaules. Les pieds sont chaussés de souliers à bouts presque arrondis, de forme simple et sans ornements (1) ; ils reposent sur une marche faisant saillie en avant du trône, taillée à six pans ; les quatre feuilles renfermées dans chacun de ses compartiments verticaux sont une addition moderne.

Les bras du trône sont recourbés et se terminent par des feuilles repliées en volute, ornement fort analogue aux crochets de certains chapiteaux du style ogival primitif.

Cette image s'ouvre par le milieu et se développe en triptyque ; l'intérieur, évidé, se divise en plusieurs compartiments, aujourd'hui garnis de petites colonnettes en bois et de statuettes en carton-pierre toutes modernes (2). L'ancien piédestal du monument n'existe plus.

La Madone que nous venons de décrire provient de l'abbaye de Notre-Dame-la-Royale ou de Maubuisson, située sur le territoire de Saint-Ouen-l'Aumône.

Au moment de la dispersion des religieuses, pendant la tourmente révolutionnaire, avant que les commissaires de la République fussent venus procéder à l'inventaire des meubles et des objets précieux qu'ils avaient mission d'enlever ou de détruire (3), les dames de l'abbaye confièrent cette image, alors placée dans leur sanctuaire privé, à Guillaume Chennevière, leur jardinier, en lui recommandant de la garder soigneusement et de ne la point ouvrir (4). Un fer à cheval, dont la statue a conservé l'empreinte, avait été cloué sur le sommet de la tête pour fixer et maintenir fermés les pans du triptyque.

La statue, placée dans un recoin secret de la maison, fut conservée par Guillaume Chennevière, puis par sa veuve et ses deux fils, jusqu'à ce qu'une indiscrétion de l'un de ses petits-enfants vint en révéler l'existence à M. le curé Brétinière. Celui-ci la demanda et l'obtint aisément des détenteurs, et elle fut transportée dans l'église de Saint-Ouen-l'Aumône le 15 octobre 1839.

Le dimanche suivant, la statue fut ouverte en présence des donateurs et d'un grand nombre de personnes du pays. Le procès-verbal

---

(1) Ce genre de chaussure se rapproche beaucoup de celle que portait saint Louis (P. Lacroix et Seré, *Histoire des Cordonniers*, p. 46). Au milieu du xıve siècle, la forme des souliers s'allongea, et les bouts, très pointus, se recourbèrent en *poulaine*.

(2) Ces statuettes représentent Jésus au Calvaire et les douze apôtres.

(3) Cet inventaire fut fait en septembre 1792.

(4) Procès-verbal du 3 septembre 1840 (registre des délibérations de la Fabrique de Saint-Ouen-l'Aumône).

consigné sur le registre paroissial de Saint-Ouen-l'Aumône décrit en ces termes l'état intérieur du monument :

« Nous avons trouvé, dit le rédacteur, que l'intérieur était d'un travail tout à la fois singulier et mystérieux ; nous avons pensé et nous pensons encore que les petites grottes, pratiquées dans les épaisseurs du bois, contenaient précédemment des statuettes en matière précieuse, sans doute représentant diverses phases de la vie du Sauveur ; nous avons reconnu l'empreinte de ces statuettes dans l'enfoncement des grottes ; la grotte du milieu, la plus élevée comme aussi la plus grande, laissait apercevoir l'empreinte de la croix et de deux statuettes qui étaient au pied de la croix. Nous avons montré cette statue à plusieurs artistes : ils la regardent comme appartenant au xiiie siècle, ils pensent qu'elle est d'origine espagnole ; nous aimons, en conséquence, à penser qu'elle a été donnée à Maubuisson par la reine Blanche de Castille, mère de saint Louis, qui fonda cette abbaye en 1240.

» Quoiqu'il en soit, nous nous estimons heureux de posséder cette statue, unique en France en son genre. La piété des fidèles nous a mis à même de la restaurer ; nous l'avons remise, nous pensons, en l'état où elle était lorsqu'elle vint à Maubuisson. Encore un peu de temps, et, nous l'espérons, les grottes auront les statuettes qu'elles réclament : la vie du Sauveur, renfermée dans le sein de sa sainte Mère, nous paraît une idée trop belle et trop mystérieuse pour que nous ne nous efforcions pas, nous aussi, de la réaliser. » (1)

Comment les rédacteurs du document qui précède abandonnèrent-ils cette inspiration si justifiée, pour se livrer à un genre de restauration bien moins heureux, c'est ce qu'il n'est pas facile de s'expliquer. Peut-être l'état de l'art religieux, en 1839, ne se prêtait-il guère à la réalisation de leur dessein. On rapporte aussi, se voyant dans un certain embarras pour reconstituer les scènes primitives, M. l'abbé Brétinière, sur le conseil de quelques vieux paroissiens, aurait cherché et retrouvé la trace de deux religieuses de Maubuisson, qui, pour échapper à la proscription, avaient rompu leurs vœux en 1793 et depuis étaient restées dans le monde. Ces femmes, alors fort âgées, commencèrent par nier absolument leur passé monastique ; mais enfin, sur les instances réitérées du bon curé, elles avouèrent qu'elles se souvenaient pourtant de

(1) Le procès-verbal est signé : ROUGEVIN, C.-M. GODEFROY, DELARUE (maire), CHENNEVIÈRE, BRÉTINIÈRE (curé).

Ce document, ainsi que plusieurs autres pièces inédites, nous a été communiqué par notre confrère, M. l'abbé Sagot, qui nous a également fourni, avec une extrême obligeance, un grand nombre de renseignements précieux. Nous tenons à lui en exprimer ici toute notre reconnaissance.

quelque chose ; on put leur arracher alors des indications dont on se servit pour le choix des groupes actuels de figurines.

Malheureusement pour ce récit, les procès-verbaux et les actes de la période révolutionnaire constatent qu'à partir de 1790, il ne restait à Maubuisson qu'un fort petit nombre de sœurs, toutes d'un âge avancé : la plus jeune des religieuses de chœur était née en 1738, et la plus jeune des converses en 1749. Il est donc bien peu probable que les personnes auxquelles s'adressa M. le curé Brétinière, en 1840, aient été réellement d'anciennes nonnes de Maubuisson.

Au reste, d'autres légendes n'ont pas manqué de s'attacher à cette image « mystérieuse, » comme s'exprime le procès-verbal de restitution. Autour des compartiments disposés pour recevoir les groupes de statuettes, on remarqua, lors de l'ouverture, un grand nombre de chatons vides creusés dans le bois ; on en conclut qu'il régnait autrefois des cordons de pierreries qui tapissaient les contours du triptyque, et l'on crut bien faire en remplissant les entailles de pierres fausses multicolores. (1)

Mais ce n'est pas tout. Tant de joyaux n'avaient pu disparaître sans que quelqu'un s'en fût emparé. De là des accusations aussi fantaisistes que peu vraisemblables, dont, parfois, nous avons entendu de vieilles gens du pays se faire l'écho inconscient. (2)

Un document d'un grand intérêt, que nous allons reproduire, permet heureusement de rétablir, dans son intégrité, la vérité historique sur les destinées antérieures de ce monument.

C'est un passage des relations manuscrites de sœur Candide, religieuse de Port-Royal, confidente de l'abbesse Marie Suireau (en religion Marie des Anges), pendant le séjour de celle-ci à Maubuisson

---

(1) Faut-il le dire ? L'effet de cette autre restauration, fort exacte peut-être, ne nous a pas séduit. A l'envisager au point de vue artistique, elle semblerait assez de nature à motiver l'étrange critique du « plus grand poète des temps modernes. » IL a découvert, en effet, je ne sais où, que nous autres catholiques :

Nous avons des saints Jeans *(sic)* et des saintes Maries
Que nous *emmaillottons* (!) dans des verroteries.

En tout cas, le procès-verbal de 1840 est muet sur ce détail, qui avait cependant bien son importance. M. l'abbé Sagot, curé actuel de Saint-Ouen-l'Aumône, nous a dit qu'au moment de la restitution, un certain nombre de ces chatons étaient encore garnis de verroteries, sauf dans le panneau central du triptyque, dont la garniture, en forme de couronne, avait entièrement disparu.

(2) A notre grand étonnement, M. de Guilhermy ne paraît pas s'être suffisamment défié de ces contes. « Peut-être, dit ce savant, y avait-il autrefois là des *figurines en métal précieux* ou des *reliquaires*. La recommandation faite par les religieuses au dépositaire de la Vierge ouvrante n'aura pas été observée. » Un collaborateur de l'*Echo pontoisien* est allé plus loin : il lui a été positivement révélé que « dans le cadre de chaque compartiment, on avait incrusté *des topazes, des onyx, des émeraudes et des saphyrs,* » ce qui lui rappelle « la description du Palais du Soleil, dans Ovide (!!). » (L'Ermite du Vallon, *Echo pontoisien* du 14 octobre 1880).

L'absence de toute indication relative à notre Vierge, dans les inventaires du Trésor de l'Abbaye, met à néant ces trop *étincelantes* hypothèses.

pour l'établissement de la réforme (1626-1648). La Mère des Anges, fidèle disciple de la Mère Angélique, professait, à l'instar de l'école janséniste, un mépris profond pour le symbolisme du moyen âge et, en général, une antipathie marquée pour toute expansion artistique dans le domaine religieux. Un exemple suffira pour donner la mesure d'un tel sentiment : les *Relations*, dont nous allons emprunter le texte, s'annoncent, dans leur intitulé, comme devant exposer les *traverses* que la Mère des Anges eut à subir pendant vingt-deux ans ; or, l'une de ces traverses, qu'on rapporte avec le plus de détails, consiste dans l'arrivée à Maubuisson, un jour qu'elle avait la migraine, des musiciens de Pontoise, imprudemment engagés, sans son aveu, par quelqu'une de ses subordonnées, à venir chanter des motets « dans l'église du dehors. »

Il importe d'ajouter, pour l'intelligence du récit qui va suivre, une courte remarque : il y avait à Maubuisson, comme dans toutes les abbayes, des aumôniers et des confesseurs spécialement désignés par l'abbé de Cîteaux, général de l'ordre ; à l'époque où nous nous reportons, l'abbé de la Charité et D. Benin exerçaient ces fonctions ; mais comme ils furent précisément les artisans des *traverses* effroyables dont on verra tout à l'heure un échantillon, la Mère des Anges trouvait bon de ne leur donner aucune part de sa confiance ; elle s'adressait à des « docteurs » de son école, qu'elle avait attirés à Maubuisson : tels étaient MM. Retard et Bourneau, qui figurent dans la suite de cette histoire.

Laissons maintenant la sœur Candide commencer sa narration :

« Il y avoit en l'église du dehors, derrière le grand autel, une Vierge d'une grandeur et d'une grosseur prodigieuse, que l'on disoit avoir été faite, il y avoit environ deux cents ans, par la dévotion d'une abbesse. Cette Vierge étoit assise dans une chaise proportionnée à l'excessive grandeur et grosseur de la figure. Elle estoit fendue par le milieu, depuis la teste jusqu'aux pieds, et s'ouvroit en six pentes, trois de chaque côté. Quand elle estoit ainsi ouverte, ce n'estoit une Vierge, mais un monde et plus qu'un monde, puisque le paradis, le purgatoire et l'enfer y estoient avec tous les mystères du vieux et du nouveau Testament, depuis la création du monde jusqu'au jugement universel, et tout cela représenté par de petites figures en bosse grandes comme un doigt tout au plus, arrangées sur des tablettes, qui faisoient les séparations des lieux, et d'histoires si différentes, le tout le mieux fait et le plus joly du monde. Ce grand édifice estoit porté par des hermites qui chantoient et jouoient d'instruments de musique, et qui avoient de grandes bouches ouvertes comme un four, surtout celui qui battoit la mesure, qui faisoit rire à voir. Ces hermites estoient le divertissement de tous les enfants de Pontoise, qui ne venoient jamais à l'église de Maubuisson, soit en procession ou autrement, sans faire provision de noix, de pommes, de gasteaux, pour donner à manger aux hermites. Et quand ils avoient rempli la bouche de ces moines de leurs viandes, c'estoient des ris et des caquets insupportables.

» La Mère avoit envie de faire oster cette figure, non-seulement à cause du ridicule, qui estoit grand, et par son pied, et par cette fente au milieu du corps, qui estoit indécente, mais encore parce que ce grand colosse estant tout vermoulu de vieillesse, pouvoit en tombant endommager le grand autel et tuer quelqu'un ; mais elle différoit toujours, à cause de la répugnance des Pères, et surtout de M. de la Charité. Ils avoient au contraire grand désir que la Mère fît réparer cette machine, à quoy elle n'estoit pas portée, non-seulement parce qu'elle n'y voyoit aucune utilité, mais aussi parce que ces petites figures du dedans estoient si délicates et si vieilles qu'on n'y pouvoit toucher sans les réduire en poussière.

» Il y avoit encore dans l'église une autre chose qui peinoit la Mère avec beaucoup de raison. Autour de l'enceinte du chœur, derrière le grand autel, il y avoit comme une ceinture de grandes statues des roys, reynes, princes et princesses de France portez sur des pieds d'estail qui estoient ornez de figures monstrueuses et informes. On disoit que les sculpteurs hérétiques les avoient fait en dérision de nos églises et de nos mystères, ou bien pour insulter à la vie des princes et des princesses représentez par les figures portées par ces monstres. Quoy qu'il en soit, on y voyoit des corps moitié femmes, moitié serpents, d'autres moitié crocodiles, moitié hommes, qui faisoient des gestes et des postures estranges, et des représentations encore plus visiblement mauvaises et contraires à l'honnesteté. M. Retard ayant souvent remarqué cela, dit à la Mère qu'elle estoit obligée en conscience d'y mettre ordre, quoy que les Pères pussent dire : qu'en cela elle se devoit servir de son autorité. M. Bourneau estoit de ce mesme avis, aussi bien que les personnes qui regardoient purement à la conscience, sans considérer la beauté et l'antiquité de ces figures qui, esblouissant les Pères, leur faisoient négliger les raisons solides de conscience et d'honnesteté. La Mère se résolut donc de suivre leur avis ; et pour le faire sans bruit, autant qu'il se pouvoit, elle fit esloigner à dessein M. Bourneau, et prit un temps que M. de la Charité estoit fiévreusement travaillé des gouttes. Car pour Dom Benin on ne s'en mettoit guère en peine, et de plus il ne songeoit qu'à ses contestations sur la doctrine. Les choses ainsy favorablement disposées, la sœur Candide, suivant les ordres que la Mère luy en avoit donnez, prit avec elle trois ou quatre sœurs pendant le premier réfectoire, et envoya dire au maçon de la maison de la venir trouver à la petite grille de l'église. Il y vint sans savoir pourquoy, et la sœur Candide luy ordonna d'envoyer quérir des outils et des échelles par ses garçons, sans luy dire pourquoy, l'amusant toujours cependant, de peur qu'il n'allast prévenir M. de la Charité dont il estoit le fidèle. Les outils venus, la sœur Candide lui dit : Maistre Fleuret, Madame m'a dit de vous ordonner de sa part d'aller abattre la teste et les mains de tous ces marmots qui sont au pied d'estail des roys et des reynes et de me les passer toutes par la grille, ce que l'on fit parce que l'on estoit presque assuré que si M. de la Charité avoit par devers luy les testes de ces marmots et leurs autres membres, il les feroit recoller. Le maçon avec ses gens se mit à exécuter cet ordre, et chacun estoit surpris de voir de près l'infamie de ces figures.

» Cette désolation faite, et ces membres de pierre passez par le guichet de la grille et receus par des sœurs, la sœur Candide dit au maçon, de la part de Madame, d'en aller faire autant aux hermites qui soustenoient la grande Vierge; à cela le maçon eut peur de contrevenir aux volontez de son bon abbé, et lui dit : Mais, ma Mère, ne faut-il point avertir de cela M. de la Charité? La sœur Candide luy dit que Madame l'ordonnoit, que cela suffisoit. Le maçon fut donc encor décoller les hermites; mais lorsque la sœur Candide luy dit qu'il falloit descendre la grande Vierge et la passer dedans, par la porte des Saints-Sacrements, il fit de grandes difficultez, disant que M. de la Charité n'en seroit point d'avis, et il fallut le menacer de l'authorité de Madame, pour le résoudre à le faire descendre ce grand colosse; encore ne le fit-il qu'en grondant et marmottant.

» Toutes ces expéditions furent faites en une heure de temps, et on estoit obligé à user de cette diligence parce qu'il estoit important que M. de la Charité n'en fust pas averti, de peur que sa passion pour ces antiquitez ne le fit avoir recours aux autres abbez et supérieurs pour empescher qu'on ne les ostast, ce qui ne luy auroit pas esté difficile de leur persuader, car ils sont tous, mais M. de Chastillon sur tout, amateurs de belles choses.

» Au sortir de l'église, le maçon ne manqua pas d'aller rendre compte à M. de la Charité de ce qu'il venoit de faire, dont ce bon homme entra en telle colère qu'il se mit à crier contre les maçons d'une manière pitoyable, et les pauvres gens avoient du mal à se défendre. Ils ne le purent faire qu'en disant que c'estoit la Mère et la sœur Candide qui le leur avoient ordonné, sur quoy il se mit à crier encore plus fort. . . . . .

» Il fit tant de bruit et si longtemps de cette affaire qu'il en ennuyoit tout le monde. Personne ne s'y intéressa dans la maison, excepté les bonnes Mères, sur le sujet de la figure de la Vierge, parce qu'elles tenoient par tradition qu'il falloit ouvrir cette figure pour avoir de l'eau dans le temps de sécheresse. Mais la Mère les appaisa bien tost en le leur faisant porter dans une chappelle où elles la prioient tant qu'elles vouloient, et où elles avoient plus de liberté à se divertir à considérer les petits mondes enfermez dans le corps de cette monstrueuse figure. » (1)

Nous ne voulons tirer de ce récit que des conclusions purement archéologiques. A en juger par les termes de la narration, on pourrait croire que la Vierge ouvrante, adossée à la muraille derrière le maître-autel, qu'elle dominait, reposait sur un de ces supports en encorbellement qui, suivant la remarque de M. de Caumont, « sont assez souvent, au XIVe siècle, ornés de figures bizarres, de quadrupèdes, de reptiles, etc. Les sculpteurs ont parfois essayé d'en faire de véritables caricatures. On distingue quelquefois des images de moines parmi les figures satiriques. Cette observation, continue l'auteur de l'*Abécédaire*, peut être notée pour l'histoire de la sculpture et l'appréciation des idées du temps. Le XVe siècle offre beaucoup d'exemples semblables. » (2)

Les « hermites, » ou plutôt les têtes de moines exécutant un concert burlesque, sont bien de la famille des mascarons dont parle M. de Caumont. Mais il faut toujours se garder de trop s'aventurer dans le domaine des conjectures. Notre collaborateur dans l'*Histoire de Maubuisson*, M. Dutilleux, a retrouvé dans les comptes de l'Abbaye, à l'année 1517, une indication précise qui, tout en confirmant les détails précédents, permet de déterminer la position de la statue :

« Avons faict peindre par un peintre de Paris l'imaige N.-D. appelée NOSTRE-DAME LA ROYALLE, ensemble la closture, chapiteau et pied d'icelle, toute dorée et azurée, et le tout taillé en bois assis au grand chœur au bas du maistre Autel, et les imaiges de saint Nicolas de la chapelle du cimetière et de saint Christophle dans l'église, et pour ce payé la somme de 100 l. par. »

Ainsi, cette image était placée *au-dessous* du maître-autel ; les figures qui la soutenaient, et qui formaient chapiteau, sortaient elles-mêmes d'un socle ou pied entouré d'une « closture. » On

(1) Relations de la conduite particulière de chaque abbé et religieux qui ont eu part à celle de Maubuisson, et des traverses qu'ils ont faites à la Mère des Anges pendant 22 ans..., recueillies par la sœur Candide et approuvées par la Mère Angélique et la Mère des Anges (17e relation, p. 250 et suiv. Bibl. Mazarine, mss. no 2983 A). — Une analyse de ce récit se trouve dans l'*Histoire* (manuscrite) *de Maubuisson*, de M. Pihan de la Forest, subdélégué à Pontoise (p. 69 et suiv. Bibl. municipale de Pontoise). — En bon janséniste, M. de la Forest ne tarit pas sur l'éloge de cette abbesse iconoclaste, dont le « zèle » fit disparaître du sanctuaire un « colosse ridicule, » objet de « superstition. »

(2) *Abécédaire d'archéologie*, 5e éd. p. 608.

comprend ainsi que, sans pénétrer dans le sanctuaire, les enfants pussent approcher du piédestal de la statue et venir bourrer de noix et de gâteaux les bouches largement fendues de ces chantres grotesques.

Une fois les pauvres *hermites* « décollés » par la hache du maçon, le pied mutilé de la statue fut mis sans doute au bûcher, et le « colosse vermoulu, » déposé dans une chapelle de l'église conventuelle, demeura dès lors dérobé à la vue des personnes étrangères à la communauté. Aussi, M. de la Forest, qui, en sa qualité de magistrat pontoisien, avait eu diverses fois l'occasion de se transporter à Maubuisson, et qui a décrit soigneusement les tombeaux de l'église du dehors, paraît-il avoir ignoré l'existence, de son temps, de la Vierge ouvrante.

Il nous reste maintenant à dire un mot du style et de l'époque de cette statue, qui, telle qu'elle nous est parvenue, présente encore un haut intérêt. M. de Guilhermy la considère comme une œuvre d'art du xiiie siècle, s'appuyant sur la tradition toute moderne, qu'il a bien voulu enregistrer, et d'après laquelle la Vierge de Maubuisson serait un don de Blanche de Castille, fondatrice de l'Abbaye. (1)

Le témoignage des *Relations* portroyalistes du xviie siècle contredit malheureusement cette attribution; suivant elles, le « colosse » avait été érigé « par la dévotion d'une ancienne abbesse », environ *deux cents ans* avant le gouvernement de Madame Suireau. Ce calcul, trop faible sans doute, nous reporterait au xve siècle; nous avons vu plus haut que la statue avait été peinte en 1517, par ordre de l'abbesse Antoinette de Dinteville, fort amie des arts et zélée pour l'embellissement de son église (2). La Vierge ouvrante s'appelant alors Nostre-Dame la Royalle, c'était évidemment « l'image » principale et la plus vénérée du sanctuaire extérieur de Maubuisson, puisqu'elle avait mission de représenter la divine protectrice et la patronne même de la maison.

Ces diverses circonstances, et surtout le caractère satirique du piédestal originel de la statue, nous induisent à croire qu'elle fut sculptée dans le commencement du xive siècle, alors que Maubuisson, séjour favori des petits-fils de saint Louis, recevait d'eux d'innombrables témoignages de munificence.

Sans doute, parmi les très rares spécimens de Vierges ouvrantes

(1) On a vu plus haut comment cette tradition est née d'une simple supposition consignée dans le procès-verbal de 1839, et basée à son tour sur l'*origine espagnole* (?) et la date du xiiie siècle, attribuées au monument par « plusieurs artistes, » dont on a malheureusement négligé de nous donner les noms.

(2) En 1510, elle fit faire « plusieurs images de pierre et de bois » pour mettre dans l'église de Maubuisson. (Comptes de l'Abbaye).

connus des archéologues, il en est de plus anciens. M. Ed. Didron (1) décrit avec détails une Vierge en ivoire du Louvre, remontant au xiiie siècle, et s'ouvrant entièrement par le milieu ; il la compare à deux statuettes analogues conservées, l'une au Musée archéologique de Rouen, l'autre au Musée des Beaux-Arts de Lyon ; il rapproche avec intérêt ces trois monuments d'une description empruntée à l'Inventaire du trésor de Charles V. (2)

Mais toutes ces images, de petite dimension, n'ont, il faut bien le reconnaître, qu'un rapport assez éloigné avec notre Madone ; nous lui trouvons, au contraire, un pendant des plus curieux, dans une Vierge ouvrante conservée depuis plusieurs siècles à Alluyes, canton de Bonneval (Eure-et-Loir), et dont nous empruntons la description à une savante et instructive notice de M. l'abbé Hénault :

« La statue de N.-D. d'Alluyes, *taillée dans un tronc de noyer*, a 0m96 de hauteur et 1m08 si l'on comprend le socle et la couronne. Fermée elle se présente comme toutes les Vierges Mères, *portant l'Enfant sur le bras gauche*. La Vierge est debout : elle est habillée d'une robe rouge que recouvre un manteau bleu à bordure émaillée de petites fleurs de lis d'or. *Un voile court* descend de sa tête, sous une couronne tréflée, jusque sur ses épaules, et *laisse à découvert* les torsades de sa longue chevelure. La figure de la Vierge est correcte. L'Enfant Jésus, qui est une restauration (il ne restait de l'ancienne figure que *les pieds enveloppés dans les plis d'une robe traînante*) bénit de la main droite et tient de l'autre le globe du monde. Il est à remarquer que seul, le pied droit de la Vierge est apparent sur le socle.

« Tout l'intérêt de cette image est à l'intérieur. Les deux volets formant la partie antérieure s'ouvrent au moyen d'un loqueteau placé au bas de la statue et se déploient au triptyque depuis les pieds jusqu'au milieu de la poitrine. » (3)

Un bas-relief central représente le Père Éternel sur un trône, tenant la croix où est attaché son fils unique : l'Esprit-Saint, sous la figure d'une colombe, s'échappe de sa bouche.

Les peintures qui ornent les volets se rapportent au mystère de l'Annonciation et représentent, d'un côté Marie en contemplation,

(1) *Annales archéologiques*, t. XXVI, p. 415. Le *Magasin pittoresque* a donné, en 1876, des dessins de la Vierge du Louvre, ouverte et fermée ; dans le numéro suivant, une courte notice sur la Vierge de Maubuisson : aucune figure n'accompagne ce dernier article.

(2) « Un joyau où est l'Annonciation, et est le ventre de Nostre-Dame ouvrant, où est dedans la Trinité, et sont saint Père et saint Pol aux deux costés dudit joyau. » (Invre de Charles V, publié par M. de Laborde ; no 1380).

(3) *Notice sur la statue ouvrante de Sainte-Marie d'Alluyes*, accompagnée de deux dessins, par l'abbé Hénault, chapelain du couvent de la Providence de Chartres. (Extrait des Mémoires de la Soc. arch. d'Eure-et-Loir. Chartres, Pétrot-Garnier. 1880.)

un lys à ses pieds, et de l'autre, l'ange Gabriel, une sorte de caducée à la main.

Sur le socle sont peintes les armes d'un des Robertet qui, de 1510 à 1569, ont possédé le domaine d'Alluyes ; cet intéressant morceau paraît donc appartenir au milieu du xvie siècle.

On voit par là que le goût des images ouvrantes a persisté à des époques très distantes, quoique les échantillons de ce genre de sculpture soient devenus fort rares aujourd'hui.

Nous devons féliciter, en terminant, les paroissiens de Saint-Ouen-l'Aumône et leur pasteur, notre confrère M. l'abbé Sagot, du soin pieux avec lequel ils conservent cet intéressant et précieux souvenir de la vieille abbaye dont la Société historique du Vexin publie en ce moment l'histoire. La Vierge de Saint-Ouen-l'Aumône, très vénérée des fidèles du pays et des alentours, a été bénie et indulgenciée solennellement par Mgr Blanquart de Bailleul, évêque de Versailles, le 17 juin 1840.

Le dessin que nous donnons ici représente la statue fermée ; il a été exécuté par le procédé Bernard d'après une des très grandes et très belles photographies que M. l'abbé Sagot a fait faire il y a quelques années. En dehors de ces photographies, tirées à petit nombre, et qu'on rencontre seulement dans les portefeuilles de quelques rares curieux d'histoire locale, ce remarquable monument n'a été, nous pouvons l'affirmer, l'objet d'aucune reproduction.

Pontoise. — Imp. de A. Pâris.

www.ingramcontent.com/pod-product-compliance
Lightning Source LLC
Chambersburg PA
CBHW072219210626
46818CB00014BA/2807